L'AVEUGLE

POUR RIRE,

COMEDIE-VAUDEVILLE EN UN ACTE,

Par MM. PHILIPPE et M***,

REPRÉSENTÉE POUR LA PREMIÈRE FOIS A PARIS SUR LE THÉATRE DE L'AMBIGU-COMIQUE, LE MARDI 6 MAI 1823.

PRIX : 75 CENTIMES.

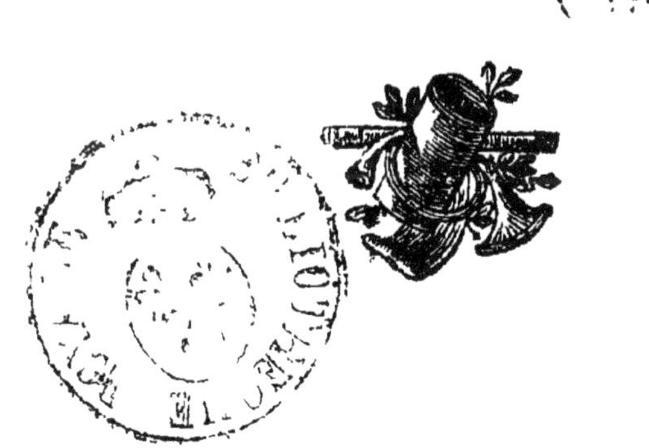

PARIS,

AU MAGASIN DE PIECES DE THEATRE,

CHEZ DUVERNOIS, LIBRAIRE,

EDITEUR DU THEATRE DE M. SCRIBE,

COUR DES FONTAINES, N° 4, ET PASSAGE DE HENRI IV, N°s 12 ET 14.

1823.

La scène se passe à Paris, dans la maison de M. Bonnasse.

——❋——

Vu au ministère de l'Intérieur, conformément à la décision de son Excellence, en date de ce jour.

Paris, le 28 février 1823.

Par ordre de son Excellence,

Le Chef-Adjoint,

Signé COUPART.

Tous les débitans d'exemplaires non revêtus de la signature de l'Éditeur, seront poursuivis comme contrefacteurs.

L'AVEUGLE POUR RIRE,

COMEDIE-VAUDEVILLE.

Le théâtre représente un salon ; à droite, une porte qui conduit à la chambre de M. Bonasse ; des deux côtés, sur le premier plan, une fenêtre, des volets en dedans, des meubles, une table couverte d'un tapis, un trictrac, des siéges, etc.

SCENE PREMIÈRE.

EMELIE, LISETTE, *au lever du rideau elles sont assises, occupées à travailler.*

LISETTE.

Comment, Mademoiselle, toujours de la tristesse ? Pourquoi perdre courage ? M. Bonasse, votre très vénérable oncle, à la fortune duquel vous devez prétendre, ne veut pas consentir à votre union avec M. Alfred, ce jeune officier, si aimable, si galant, enfin, comme le sont tous nos militaires ; y a-t-il de quoi se désespérer ? D'ailleurs a-t-on jamais vu un oncle consentir de bonne grâce au mariage de sa nièce ? Ce ne serait pas dans l'ordre.

EMELIE.

Pourquoi ai-je vu M. Alfred à ce maudit bal ?..

LISETTE.

Pourquoi ai-je vu M. Alfred à ce maudit bal ?..
Voilà bien comme vous êtes toutes, Mesdemoiselles !..

Air : *Vaudeville de la Petite sœur.*

Lorsque vous avez un amant,
Chose qui se voit d'ordinaire,
Vous vous plaignez amèrement
D'avoir eu le malheur de plaire.
La femme, dont le cœur est pris,
Dit : quel tourment d'être amoureuse !
Cependant chacune, à ce prix,
Aime à se trouver malheureuse.

EMELIE.

Comment faire pour engager M. Bonnasse à consentir
à ce mariage ?..

LISETTE.

Ne suis-je pas là, Mademoiselle? Comptez sur moi;
nous autres soubrettes, nous avons aussi notre talent,
celui de faire des mariages; et d'ailleurs, ne serons-nous
pas aidées par Deschamps, par cet adroit valet de votre
oncle? Avec lui la victoire est à nous, il en a trompé de
plus fins que M. Bonasse, nous aurons même peu de
gloire à triompher. Duper le second tome de M.
Crédule! un homme à qui, avec de l'audace, on persua-
derait, je crois, qu'il fait nuit en plein jour.

EMELIE.

Je crains!..

LISETTE.

Rien, Mademoiselle, absolument rien, je suis toute à
vous; Deschamps est dans nos intérêts, et le cher oncle
saura bientôt de quoi nous sommes capables. (*On entend
Deschamps parler dans la coulisse.*) Justement, voici
notre général en chef, le joyeux Deschamps.

SCENE II.

EMELIE, LISETTE, DESCHAMPS.

DESCHAMPS.

Air *de madame Scarron.*

Dieu merci,
Me voici,
Dans ma longue course,
J'ai, pour tout ceci,
De mon maître épuisé la bourse.
Cependant
En voyant
Toutes mes emplettes,
Et surtout parfaites,
Je crois qu'il sera content.
De chez maint apothicaire,
De chez plus d'un charlatan,
J'apporte à l'oncle sévère
Poudre, drogue, orviétan.

Tout cela plaît à mon maître,
Pour lui, quel jour de plaisir,
Lorsqu'il vient à paraître
Un nouvel élixir.

Ensemble.

ÉMÉLIE et LISETTE.

Dieu merci,
Le voici,
Deschamps, dans sa course,
A pour tout ceci
De son maître affaibli la bourse.
Cependant
En voyant
Toutes les emplettes,
Et surtout parfaites,
Ton maître sera content.

DESCHAMPS.

Dieu merci,
Me voici,
Dans ma longue course,
J'ai pour tout ceci
De mon maître affaibli la bourse.
Cependant
En voyant
Toutes mes emplettes,
Et surtout parfaites,
Je crois qu'il sera content.

DESCHAMPS, *portant les paquets et les posant sur la table.*

Que vous allez être content, M. Bonasse! voilà de quoi vous divertir, des drogues comme s'il en pleuvait. (*à Emelie.*) Ah! Mademoiselle! que vous êtes heureuse d'avoir pour oncle M. Bonasse! Demain vous serez mariée; et, ce qui vaut encore mieux, il y aura consenti.

EMELIE.

Hélas! mon cher Deschamps, comment parvenir à ce but tant désiré?..

DESCHAMPS.

Rien de plus simple... Intrigues d'amour, nous n'avons pas besoin d'inventer du neuf, ce n'est plus la mode; un vieux moyen de comédie nous suffira.

LISETTE.

Oh ! çà, Deschamps, tu parles toujours de comédie, est-ce que tu l'aurais jouée par hasard ?

DESCHAMPS.

Certainement, en société, pendant plus de trois ans, et même avec succès, j'ose le dire. J'ai de plus été long temps au service d'un de, nos premiers comiques. Comme je jouais Mascarille de l'Étourdi !

Air : *de Julie*.

Je conserve encor la mémoire
De mes travaux, de mes succès ;
Les jours de mon antique gloire
De mon esprit ne sortiront jamais.
J'étais un des plus hardis drôles,
Un des coquins les plus adroits...

LISETTE.

Maitre Deschamps s'est, je le vois,
Toujours souvenu de ses rôles.

DESCHAMPS.

Toujours, aussi mon répertoire est encore là...

Air *nouveau*.

Vif et d'humeur franche,
Samedi, Labranche,
Silvestre, dimanche,
Lundi, Figaro ;
J'ai dupé sans honte
Argante, Géronte,
Trufaldin, Oronte,
Orgon, Bartholo,
Duègne austère;
Tante, oncle, père,
Savent, j'espère,
Quels sont mes talens.
De cent manières,
Contre les pères,
Contre les mères,
Je sers les enfans.

Dans les Fourberies de Scapin.

Léandre fidelle
Brûle pour sa belle,
Pour s'emparer d'elle
Il manque d'argent ;
Dupe par nature,

De mon imposture,
Géronte, qui jure,
M'en compte à l'instant.

Dans le Barbier de Séville.

Tuteur sévère,
Sexagénaire,
Veut en vain plaire
A jeune tendron ;
A la jeunesse
Je m'intéresse,
Et mon adresse
Le souffle au barbon.
Plus d'un maître habile,
Cité dans la ville,
Crut que de Préville
J'avais pris leçon.
Tout bas, en cachette,
Piquante soubrette
Me voyant, répète :
Le joli garçon.
Par mon adresse,
Mon dos sans cesse
Je le confesse,
S'exposé au danger.
A Emélie.   Mademoiselle
Sait, par mon zèle,
Jusqu'où pour elle
Je puis m'engager.
S'il faut pour vous plaire
Duper oncle austère,
Je saurai le faire
En homme de bien ;
Quoiqu'ici je fasse,
Je trouverai grace,
Votre oncle est bonasse,
Je ne risque rien.

ÉMILIE.

Tu ne nous avais pas dit que tu avais joué la comédie.

DESCHAMPS.

Je gardais cette confidence pour une occasion écla-
tante, je la trouve. Je vais repasser quelques-uns de mes
rôles, et je puis vous répondre... je suis à vous dans un
moment... mais, j'y songe, monsieur Alfred va venir
sans doute ; si M. Bonasse, en rentrant, le trouvait ici,

cela gâterait les affaires, il serait prudent de le prévenir. Je m'en charge, et, de ce pas, je cours à sa rencontre.

LISETTE.

Il n'est plus temps, le voici !...

SCENE III.

Les Mêmes, ALFRED.

ALFRED.

Enfin, belle Emilie, je puis vous voir un instant loin de votre argus...

DESCHAMPS, *vivement à Alfred.*

Que venez-vous faire ici, Monsieur? l'on veut vous servir, et vous venez tout gâter. Si, par malheur, l'oncle arrivait, adieu le mariage.

ÉMELIE, *effrayée.*

En ce cas, Alfred, partez bien vîte...

ALFRED.

Laissez-moi du moins vous apprendre....

DESCHAMPS.

Quoi?.. ce que vous avez fait depuis que vous n'avez vu Mademoiselle? je vais vous le dire. Vous avez couru les réunions, les bals, les promenades, les spectacles, pour l'y découvrir; ne la trouvant pas, vous avez appris que M. Bonnasse était sorti, et vous voilà. N'est-ce pas votre conduite en deux mots?

ALFRED.

D'où sais-tu tout cela?

DESCHAMPS.

Je ne le sais pas, mais je le devine; c'est toujours de même : ouvrez la première comédie.

ALFRED.

Il me paraît que tu as de grandes connaissances d'intrigues?

DESCHAMPS.

Ah! Monsieur, j'ai si long-temps exercé....

ALFRED.

S'il en est ainsi, tu mérites ce gage de ma reconnaissance. *(Il lui donne une bourse.)*

DESCHAMPS.

A la bonne heure, vous rentrez dans les principes.

Air *du Verre*.

L'usage est qu'un fidèle amant
Veuille presser son mariage;
Il donne au valet de l'argent,
On le sait, c'est encor l'usage.
A refuser un tel présent
La probité sans doute engage :
Aussi je le prends simplement,
Pour ne pas manquer à l'usage.

LISETTE.

Silence ! j'entends au bas de l'escalier la voix de monsieur Bonnasse.

DESCHAMPS.

Je m'en doutais... (*à Alfred.*) Allons, Monsieur, il faut vous cacher, maintenant ; un militaire français n'en a guères l'habitude , mais la nécessité...

ALFRED.

C'est fort bien, mais encore où me fourrer ?

DESCHAMPS.

Où ? eh ! parbleu ; sous cette table ; vous n'y serez pas au mieux, j'en conviens ; mais dans Tartuffe, Orgon s'y met bien pour sa femme, vous pouvez, à plus forte raison , vous y mettre pour votre maîtresse.

ÉMELIE.

Dépêchez-vous !...

LISETTE.

Voilà M. Bonnasse.

DESCHAMPS.

Ah ! çà , songez que vous n'êtes pas sur le champ de bataille.

Air *de la Sorbonne*.

Éclatant
Et bruyant
Est l'art de la guerre ;
Mais l'amour est un autre art
Qui veut le contraire ,
Car
Fort souvent
Un amant

Peut, en mainte affaire,
Être téméraire ,
Mais
Doit savoir se taire,
Paix.
Ensemble.
ALFRED.
Oui, vraiment,
Fort souvent,
En amour, en guerre,
Je suis téméraire,
Mais
Je saurai me taire
Paix.
DESCHAMPS , ÉMÉLIE , LISETTE.
Aisément ,
En feignant,
Nous pourrons , j'espère ,
Duper mon son cerbère,
Mais
Il faudra se taire
Paix.

SCÈNE IV.

Les Mêmes , BONNASSE.

BONNASSE.
Ah ! ah ! vous voilà tous ici ?
LISETTE , *à part.*
Nous sommes plus nombreux qu'il ne pense.
BONNASSE.
Comment, Emélie, vous ne me dites pas bonjour ?...
ÉMELIE , *embarrassée.*
Bonjour , mon oncle, comment vous portez-vous *?*
BONNASSE.
Mal, mon enfant, très-mal ; ma goutte se porte tantôt
sur un endroit, tantôt sur un autre ; on dit que c'est dan-
gereux, et je le crois ; enfin , jusqu'à mes pauvres yeux
qui s'affaiblissent de jour en jour.... en vérité, je ne suis
pas bien !...
ALFRED , *à part.*
S'il n'est pas mieux que moi , je le plains....
Deschamps fait signe à Alfred de se taire.

BONNASSE , *regardant Deschamps.*

Qu'as-tu donc, Deschamps ?... un accès de goutte te prendrait-il, par hasard ? on prétend que cela se gagne, et je le crois... mais c'est, qu'en vérité , tu viens de faire des grimaces épouvantables.

DESCHAMPS.

Ce n'est rien, Monsieur; d'ailleurs, je n'ai pas le temps d'être goutteux.

ÉMELIE.

Mon bon oncle , vous rentrez bien tôt, il me semble ?

BONNASSE.

Comment, bien tôt ? il y a trois grandes heures que je me promène au Luxembourg.

LISETTE , *à part.*

Que n'y es-tu resté jusqu'à demain...

BONNASSE.

Ecoutez tout ce que j'ai fait ce matin.

Air *du rondeau final d'un Dimanche à Passy,* (de Doche)

Chez un docteur que l'on cite
J'ai, ce matin, eu l'honneur
D'aller faire une visite.
DESCHAMPS.
Qui fut soldée au docteur.
BONNASSE.
De lui j'obtins, en payant ,
Un spécifique excellent.
DESCHAMPS, *à part.*
C'est quelqu'habile fripon
Qui débite son poison.
BONNASSE.
J'ai vu ce grand astrologue ,
Vanté partout aujourd'hui.
DESCHAMPS , *bas.*
Charlatan.
BONNASSE.
Il a la vogue,
DESCHAMPS , *bas, désignant Bonansse.*
Auprès de gens comme lui.
BONNASSE.
Et ces messieurs là m'ont dit
Que j'avais beaucoup d'esprit.
DESCHAMPS , *à part.*
S'ils l'ont dit, je pense bien,
Qu'aucun d'eux n'en croyait rien.

BONNASSE.
Puis, au salon littéraire,
J'ai lu plus de vingt journaux.
DESCHAMPS.
Vous devez, la chose est claire,
Avoir besoin de repos.
TOUS.
Vous devez, etc.

BONNASSE.
Tu as raison, je me sens un peu fatigué... Lisette, un siége, aussi je vais m'installer un instant dans ce fauteuil.
EMELIE.
Mais, mon oncle, vous seriez beaucoup mieux dans votre chambre.
LISETTE, *retirant le fauteuil.*
Oui, Monsieur, Mademoiselle a raison, vous seriez infiniment mieux....
BONNASSE, *reprenant le siége.*
Laisse donc.
DESCHAMPS, *l'ôtant de nouveau.*
Sans doute, Monsieur, dans votre chambre, vous seriez plus à votre aise.
BONNASSE, *le reprenant.*
(*Il s'assied.*) Non, non, je suis très-bien ici; on m'a toujours dit que, lorsqu'on était las, un petit somme rafraîchissait les sens, et je vais tâcher de m'endormir....
ALFRED, *à part.*
Il est bien heureux de pouvoir sommeiller; s'il avait un lit aussi dur que le mien....
EMELIE, *à part.*
Il va s'endormir : il pourra facilement....
BONNASSE, *qui a entendu.*
Qu'est-ce à dire, il pourra facilement !...
DESCHAMPS.
Maudite femme! comme ça arrange les affaires !
BONNASSE.
Alfred pourra facilement venir ici, n'est-ce pas ?... je saurai bien l'en empêcher....
LISETTE.
Je vous assure, Monsieur, qu'il n'y viendra pas.

(13)

ALFRED , *à Lisette.*

Je suis au supplice. Comment tout cela finira-t-il ?...

BONNASSE.....

C'est cela. M. Alfred aurait parlé à mademoiselle de son amour, et lui aurait débité des fadeurs ; il l'aurait engagée à ne pas contracter l'union que je projette depuis long-temps, entre elle et le fils d'un de mes amis intimes, et tout cela presque devant mes yeux..... je ne suis pas si dupe.

ALFRED.

Est-il sorcier ?...

EMELIE.

Quoi ! mon oncle ?...

BONNASSE.

Paix. Mademoiselle ?...

Air *des Trembleurs.*

C'est en vain qu'un téméraire,
A qui vous avez su plaire,
Dans cette maison espère
A mon insu pénétrer.
Je vais fermer cette porte.

(Il va au fond.)

ÉMÉLIE, *à part.*
Que faire pour qu'Alfred sorte?
BONNASSE.
En agissant de la sorte ,
Je l'empêche bien d'entrer.
Il ferme la porte, et met la clef dans sa poche.

EMELIE.

Ah ! mon Dieu !...

ALFRED.

Je suis pris.....

BONNASSE , *revenant.*

Ah ! ah ! monsieur Alfred, je vous vois d'ici !...

DESCHAMPS, *effrayé.*

Quoi, Monsieur, vous le voyez ?...

BONNASSE.

Oui, certainement ; je le vois, d'ici, rôder autour de la maison ; mais, c'est inutile....

EMELIE.

Il m'a fait une peur....

DESCHAMPS.

Nous sommes sauvés....

LISETTE.

Tout va bien....

BONNASSE , *s'asseyant.*

Air *des Rendez-vous bourgeois.* (de Nicolo.)
Surtout du silence,
Car je vais, je pense,
Bientôt m'endormir.
ALFRED, *sous la table.*
Bon! je vais sortir.
DESCHAMPS et LISETTE.
Avec assurance
Nous pourrons agir.

Ensemble.

BONNASSE.
Surtout du silence,
Car je vais, je pense,
Bientôt m'endormir.
Faites silence,
Car je vais dormir.

ALFRED.
Surtout du silence,
Car il va, je pense,
Bientôt s'endormir;
Et j'ai l'espérance
De pouvoir sortir.
DESCHAMPS, LISETTE, ÉMÉLIE.
Mais faisons silence,
Car mon oncle
     monsieur je pense,
Bientôt va dormir;
Et dans peu, je pense,
Nous pourrons agir.

LISETTE , *à part.*

Le loup est enfermé dans la bergerie.

ALFRED, *bas.*

Je suis rompu....

EMELIE.

Qu'allons-nous faire, mon pauvre Deschamps?....

DESCHAMPS.

De grâce, Mademoiselle, parlez plus bas,....

ALFRED, *bas.*

Dort-il, enfin ?....

EMELIE.

Je le crois.

(*Lisette lui passe la main devant les yeux.*)
ALFRED, *sortant de dessous la table.*

Dieu soit loué !....

LISETTE.

Ne perdons pas de temps en paroles , il faut agir....

EMELIE.

Que faire ?...

ALFRED.

Prendre la clé dans sa poche !...

DESCHAMPS.

Impossible. (*Réfléchissant.*) Si l'on pouvait, en présence même de l'oncle...., J'y suis; le ciel m'inspire....
Ecoutez tous, et suivez, de point en point, mes instruc-
tions. Vous, Mademoiselle, au tric-trac, avec Lisette,
faites semblant de lui donner une leçon; vous, Monsieur, auprès d'elle, sans dire un mot....

EMELIE.

En s'éveillant, il va nous voir....

ALFRED,

Elle a raison, et je ne comprends pas....

DESCHAMPS,

Vous voir ; je l'en défie parbleu bien.... Je le rends
aveugle. (*Mouvement général de surprise.*) Aveugle,
pour rire, bien entendu !....

(*On se place, et il va fermer les volets.*)
(*Il fait nuit.*) TOUS.

Que fait-il donc ?....

LISETTE.

Comment veux-tu que nous jouions?...

DESCHAMPS.

Belle demande ; remuez les dames, jetez les dés,
nommez-les au hazard....

LISETTE,

J'y suis, maintenant ; d'ailleurs, à force de les entendre, je sais les termes du jeu !....

(16)

DESCHAMPS.

Air *de Voltaire chez Ninon.*

Çà, la plus grande attention,
Et surtout point d'étourderie;
Songez, en cette occasion,
Que nous jouons la comédie.
LISETTE.
Dans cette pièce, tu verras,
Les acteurs joueront bien sans doute,
Leurs défauts ne paraîtront pas,
    (*montrant Bonnasse*)
Car le spectateur n'y voit goutte.

EMELIE, *à Deschamps.*

Et toi, que vas-tu faire?..

DESCHAMPS.

Je vais lire quelque chose tout haut.

ALFRED.

Comment, lire sans y voir?..

DESCHAMPS.

Eh! sans doute, je vais lire de mémoire, bien entendu.
Point de doute, ses maux d'yeux, sa fureur d'être toujours plus malade qu'il ne l'est réellement, enfin sa crédulité; il donnera dans le panneau. D'ailleurs, je ne vois
que ce moyen pour faire sortir M. Alfred. Attention...
je vais donner le signal comme au théâtre. (*Il frappe
un coup dans la main et renverse un siège.*)

BONNASSE, *se réveillant.*

Hein! quel bruit!

DESCHAMPS.

Attention!

BONNASSE.

C'est qu'en vérité il fait nuit... nuit fermée... Je ne
croyais pas avoir dormi si tard... il me semble qu'il n'y a
qu'un instant...

DESCHAMPS.

A nos rôles! (*Emelie et Lisette jouent au tric-trac,
agitent les cornets et jettent les dés de manière à faire
le plus de bruit possible.*)

BONNASSE.

Qu'est-ce que j'entends donc là...

EMELIE , *bas.*

Je tremble.

LISETTE.

Du courage, Mademoiselle. (*Elle joûe plus fort.*)

BONNASSE.

Ah çà! suis-je bien éveillé... ou bien si je rêve... On dirait entendre jouer au tric-trac.

LISETTE, *bas.*

A nous. (*Haut et jettant les dés.*) Six... quatre...

BONNASSE.

Encore !..

EMELIE , *jouant.*

Trois... as...

BONNASSE.

Voilà qui est fort !..

DESCHAMPS.

A notre tour. (*Il lit.*)
« Moquez vous des sermons d'un vieux barbon de père,
» Poussez votre bidet, vous dis-je, et laissez faire. »

BONNASSE.

C'est Deschamps!

DESCHAMPS, *il continue.*

« Ma foi, j'en suis d'avis que ces penards chagrins
» Vous viennent étourdir de leurs contes badins,
» Et vertueux par force, espèrent par envie
» Oter aux jeunes gens les plaisirs de la vie. »

BONNASSE , *à lui-même.*

Qu'est-ce que cela signifie? (*Haut.*) Insolent! quelles sottises débites-tu donc là?

DESCHAMPS.

Doucement, Monsieur, je ne dis rien de moi; c'est du Molière, et tout est dans le livre.

BONNASSE.

Comment! dans le livre?

DESCHAMPS.

Sûrement. Je lis tout haut à Melle Emelie, une comédie de Molière, pendant qu'elle donne, comme vous le désirez, un leçon de tric-trac à Lisette.

L'Aveugle pour rire.

BONNASSE.

Tu lis... et ma nièce donne une leçon de tric-trac... sans voir clair... Avez-vous tous perdu l'esprit?.. ou pensez-vous vous jouer de moi?

DESCHAMPS.

Mais, Monsieur, à votre tour, vous plaisantez et nous ne pouvons comprendre...

BONNASSE.

Pourquoi ne pas avoir allumé les bougies ?

DESCHAMPS.

Les bougies!

BONNASSE.

Oui.

DESCHAMPS.

Lisette, comment trouves-tu Monsieur, qui me demande de la lumière en plein jour?

LISETTE.

Monsieur plaisante, ferme plutôt ce volet... le soleil nous empêche de voir notre jeu.

BONNASSE.

Le soleil!..

DESCHAMPS.

Demandez à Mademoiselle.

EMELIE.

Il fait un temps magnifique, mon oncle.

BONNASSE.

Toi aussi, tu me soutiendras...

ALFRED, *riant.*

Le pauvre homme en perdra l'esprit.

LISETTE.

Ne vois-tu pas, Deschamps, que Monsieur dort encore?

BONNASSE.

Non, parbleu, je suis bien éveillé et je ne puis concevoir.

DESCHAMPS, *à part.*

Frappons le grand coup.

LISETTE.

Ecoutons.

DESCHAMPS.

Monsieur, vous m'étonnez... et puisque réellement vous nous assurez que vous ne vous moquez pas de nous... ma foi, vous me faites naître une idée bien pénible...

BONNASSE.

Encore quelques sottises ?

DESCHAMPS.

Non, Monsieur, non... Dans quel état votre vue ce matin ?

BONNASSE.

Ma vue !.. mauvaise.

DESCHAMPS.

Les yeux...

BONNASSE.

Enflammés !

DESCHAMPS.

Et quelques petits picotemens, n'est-ce pas ? Quelques petites douleurs ?

BONNASSE.

Oh ! très fortes.

DESCHAMPS.

Eh bien, Monsieur, il faut supporter avec courage une vérité bien pénible... Mais je tremble que vous n'ayez perdu la vue.

BONNASSE.

O ciel !

DESCHAMPS.

Ou que vous ne soyez devenu aveugle ; c'est comme vous voudrez !

BONNASSE.

Ah ! mon pauvre Deschamps, il n'est que trop vrai, tu as deviné... sommeil affreux.

EMELIE.

Mon pauvre oncle !

BONNASSE.

La goutte me sera remontée dans les yeux.

DESCHAMPS.

Précisément.

LISETTE.

Quel malheur!.. Mais ce n'est sans doute pas un mal sans remède.

EMELIE.

Nous l'espérons bien.

BONNASSE.

Deschamps, va de suite me chercher cet oculiste célèbre nouvellement arrivé d'Allemagne.

DESCHÁMPS, *à part.*

M'en aller, ce n'est pas mon compte. (*Haut.*) Monsieur, ma présence ici est absolument nécessaire pour vous. Lisette va faire cette commission.

BONNASSE.

Soit!

DESCHAMPS, *à Lisette.*

Entre dans la chambre de mon maître et ferme les volets, comme dans celle-ci.

LISETTE.

Bien... (*Elle va à tâtons jusqu'à la porte de la chambre.*)

DESCHAMPS, *à Lisette.*

Attends. (*A M. Bonnasse, en lui mettant la main sur les yeux.*) Que voyez-vous? (*Pendant ce temps Lisette entre dans la chambre.*)

BONNASSE.

Je ne sens que ta main, voilà tout.

DESCHAMPS.

C'est ce que je voulais savoir.

ALFRED.

L'adroit coquin que ce Deschamps!..

SCENE V.

Les Mêmes, excepté LISETTE.

BONNASSE, *appelant.*

Lisette!

EMELIE, *effrayée.*

O mon Dieu!

DESCHAMPS.

Lisette, réponds donc à Monsieur. (*Contrefaisant sa voix.*) Plaît-il, Monsieur.

BONNASSE.

Tiens! voilà la clef, ouvre.

DESCHAMPS, *de même.*

Donnez, Monsieur.

ALFRED, *à Deschamps.*

Si je profitais de ce moment pour m'échapper.

DESCHAMPS, *bas à Alfred.*

Impossible; en ouvrant la porte le jour pénétrerait, et tout serait perdu.

ALFRED.

Tu as raison.

BONNASSE, *à Deschamps.*

Deschamps, avec qui causes-tu donc là?

DESCHAMPS

Avec Lisette, Monsieur.

BONNASSE.

Ne l'amuse donc pas, qu'elle se dépêche de revenir... ce docteur demeure à deux pas.

DESCHAMPS.

Ah! mon Dieu! il ne faut pas cinq minutes... Allons, Lisette, va... Monsieur est pressé.

BONNASSE, *appelant.*

Emelie!.. ma chère Emelie! voilà le malheur que je redoutais... avais-je tort de craindre pour ma santé?.. il me semblait prévoir ..

EMELIE.

Mon oncle, ne vous affectez pas!.. on trouvera moyen, je l'espère...

BONNASSE.

Eh! ma bonne amie... c'est pour toi que je m'afflige... j'aurais voulu voir ton mariage avec le fils de Gercourt, de mon vieux camarade.

EMELIE.

Vous savez, mon oncle, que cet hymen ne m'a jamais convenu...

BONNASSE.

Tu as tort.... Gercourt te convient mille fois mieux

que cet Alfred dont tu t'es coîffée, et qui, au fond,
n'est qu'un franc étourdi.

DESCHAMPS.

Ma foi, il n'en a pas l'air.

EMELIE, *à Alfred.*

Si cela était.

ALFRED, *bas à Emilie.*

N'en croyez rien.

BONNASSE.

Oh ! mais, j'en suis certain.... C'est un jeune homme
à la mode, qui courtise toutes les femmes, et qui, dans
ce moment, peut-être, est auprès d'une maîtresse.

ALFRED, *à Emélie.*

Il ne croit pas si bien dire.

BONNASSE.

Eh bien ! qu'il épouse celle auprès de laquelle il se
trouve.

EMELIE.

Je ne m'y oppose pas, mon oncle....

BONNASSE.

Et qu'il nous laisse en repos.

ALFRED.

C'est charmant !

BONNASSE.

Mais, Lisette ne revient pas....

DESCHAMPS.

Est-ce que vous souffrez, Monsieur ?

BONNASSE.

Non, pas absolument... mais, je ne vois pas du tout...
je ne distinguerais pas... ce que je tiens dans ma main.
(*Il fouille dans sa poche.*) Qu'est-ce que c'est que
cela ?... Ah ! c'est une lettre que le portier m'a remise
au moment où je rentrais... Tiens, Emélie, fais-moi
le plaisir de me la lire.

EMELIE.

Plaît-il, mon oncle ?

DESCHAMPS.

Quel embarras !

ALFRED.

Comment faire ?

BONNASSE.

Lis-moi cette lettre... Je me doute bien à-peu-près...
Tiens , prends...

DESCHAMPS.

Nous voilà bien.

BONNASSE.

Un fauteuil , Deschamps.

DESCHAMPS , *cherchant.*

Voilà , Monsieur. (*Il le fait asseoir.*)

EMELIE, *à Alfred.*

Que dire !

ALFRED.

Je ne sais.

DESCHAMPS.

Eh bien! Mademoiselle, Monsieur attend. Brisez donc
le cachet... puisque votre oncle le permet.

BONNASSE.

Oui... oui... à mon âge... il n'y a pas à craindre...
Eh bien! de qui ?

EMELIE.

De qui, mon oncle ?

BONNASSE.

Oui... de qui ?...

EMELIE , *embarrassée.*

De qui cette lettre ?

BONNASSE.

Sans doute.

DESCHAMPS.

Cela n'est pas difficile ; il ne s'agit que de voir la
signature.

EMELIE.

Oui, il ne s'agit que de voir...

DESCHAMPS.

C'est que quelquefois les noms propres... sont diffi-
ciles à déchiffrer. Voulez-vous bien permettre, Mademoiselle... Ah ! vous la connaissez mieux que moi ;
c'est du frère de Monsieur.

BONNASSE.

C'est...

EMELIE.

Dé votre frère... oui.

DESCHAMPS.

Ah! j'ai vu cela tout de suite... de votre frère...

BONNASSE.

Eh bien ! lis.

EMELIE, *à part.*

Que lire?

DESCHAMPS, *à Emélie.*

Quelques phrases dites au hazard.

EMELIE.

Je ne pourrai jamais...

ALFRED.

Nous vous aiderons. (*la soufflant.*) Pour vous instruire d'une affaire !

EMELIE, *répétant.*

Pour vous instruire d'une affaire...

DESCHAMPS, *la soufflant.*

Je suis passé chez vous. (*Emélie répète.*)

BONNASSE.

Quand donc ?

EMELIE, *embarrassée.*

La lettre n'en dit rien.

DESCHAMPS.

Je m'en souviens. Oui, Monsieur, il est venu la semaine
dernière.... c'était lundi.... mercredi.... ou samedi.... je
ne vous dirai pas au juste.... mais, il est venu; vous
étiez sorti.

BONNASSE.

Allons, achève.

DESCHAMPS.

Donnez, Mademoiselle, je vais vous éviter la peine...
(*Feignant de lire.*) Je vous en prie, un de ces jours,
passez chez moi.

BONNASSE.

Il ne sait pas que j'ai perdu la vue... mais, ce docteur... ce docteur...

DESCHAMPS.

Un moment de patience !

(25)

BONNASSE.

Cela t'est bien aisé à dire... à toi... Allons, rends-
moi cette lettre...

DESCHAMPS.

Donnez, Mademoiselle.

EMELIE.

La voilà. (*Elle la laisse tomber à terre.*)

DESCHAMPS.

Donnez donc.

EMELIE.

Elle est tombée.

DESCHAMPS.

Ah ! diable...

BONNASSE.

Eh bien ?... (*Ils cherchent tous ; Alfred la trouve ;
et dit*) : la voilà.

BONNASSE, *lui saisissant le bras.*

C'est heureux....

ALFRED *à part.*

Je suis pris.

BONNASSE.

Puisque je tiens ton bras, Deschamps, conduis-moi
dans ma chambre. (*Deschamps s'approche, et répond
à Bonnasse.*) Vous conduire... oui, Monsieur.

BONNASSE, *se levant.*

Allons, guide mes pas...

DESCHAMPS, *tirant Alfred du côté de la chambre.*

Par ici, Monsieur, par ici !... (*Alfred, en condui-
sant Bonnasse, se heurte contre un fauteuil.*)

BONNASSE.

Qu'as-tu donc, Deschamps ?...

DESCHAMPS.

Je ne faisais pas attention à mes pieds. (*A Alfred.*)
Etourdi !...

ALFRED , *bas.*

Quel coup !...

BONNASSE.

Est-ce que tu t'es fait beaucoup de mal ?...

DESCHAMPS.

Ce n'est rien ; je ne ressens aucune douleur, je vous assure....

ALFRED , *bas.*

Je le crois bien...

BONNASSE.

Tant mieux... viens aussi, Emélie.

ÉMELIE.

Je vous suivais, mon oncle.

DESCHAMPS, *à part, après avoir ouvert la porte.*

Nous sommes sauvés , il ne fait pas plus clair dans la chambre de M. Bonasse qu'ici....

Bonasse , Alfred , Emélie entrent ; Deschamps revient.

SCENE VI.

DESCHAMPS , *seul.*

Que monsieur Alfred se débarrasse de notre aveugle comme il pourra!... je reste pour empêcher qui que ce soit de pénétrer en ces lieux. Je crains le frère de notre homme , il vient quelquefois rendre visite à notre malade imaginaire , et le chapitrer sur sa crédulité comme Béralde sermonne Argan. Monsieur Bonnasse croit tout, mais son frère ne croit rien , aussi sont-ils toujours en querelle.... maintenant, éclairons la scène. (*il ouvre les volets , le jour paraît.*) Or , çà , réfléchissons... le bon-homme est tout-à-fait dupé ; cela devait être : il a fait son rôle d'oncle en se laissant abuser, faisons le nôtre en amenant, par cette ruse , le mariage de nos jeunes gens. Allons , Deschamps , voilà le moment de prouver que tu possèdes encore toutes les intrigues de la co-médie.

Air : *Ah ! que je sens d'impatience.* (Azémia)

Ah ! dans l'embarras où nous sommes ,
Afin d'obtenir le succès ,
Implorons ces valets grands hommes ,
Honneur du Théâtre Français.
A leur esprit fidèle ,
Je les prends pour modèle ;

Plus d'une fois ainsi
J'ai réussi.
Que votre exemple me seconde,
Vous, qu'on voit si rusés, si fins,
Labranches, Pasquins,
Dubois, Valentins,
Champagnes, Jasmins,
Silvestres, Frontins,
Merlins,
Carlins,
Scapins,
Crispins.

(*Parlant.*) Que votre génie m'inspire quelque tour digne de vous : en vous imitant, que ne ferait-on pās?.. eh bien! voyez comme les hommes sont ingrats! on devrait vous bénir, vous admirer, vous dresser des autels, et cependant...

(*Il chante.*)

Le monde *(bis)* vous traite de coquins.   *(bis)*

Voilà de ces injustices qui dégoûteraient d'être valet, si l'on pouvait dédaigner une si noble profession... (*réfléchissant.*) Si je pouvais faire usage d'un de ces costumes que j'ai conservés...mais voici notre amoureux...

SCENE VII.

DESCHAMPS, ALFRED.

DESCHAMPS.

Quelle nouvelle ?...

ALFRED.

J'ai eu bien de la peine à m'en débarrasser...il voulait à toute force que j'achevasse de lui lire la comédie que tu as commencée; cela m'eût été difficile, dans l'obscurité. Je ne sais point, comme toi, mon répertoire; de plus, je n'osais répondre; et sans Emélie, qui m'a donné une commission, j'eusse été fort embarrassé pour me tirer d'affaire.

DESCHAMPS.

L'instant du dénouement approche, allez chez un notaire, faites dresser votre contrat de mariage, qu'il n'**y** ait plus qu'à le signer, et revenez sur-le-champ...

ALFRED.

Qu'en prétends-tu faire ?

DESCHAMPS.

Un contrat tout prêt, c'est de règle ; les amans de comédie en ont toujours un dans leur poche, pour le faire servir au besoin.

ALFRED.

Je cours donc chez le notaire... au moins, il fait clair, maintenant, et je ne suis plus exposé comme tout-à-l'heure. (*Il se frotte la jambe.*)

Air : *Le hasard seul fixe les rangs.*

Ah ! quel était mon embarras
Lorsque ce diable de Bonnasse,
Au lieu du tien, saisit mon bras,
En disant : conduis-moi, de grâce.

DESCHAMPS.
Eh ! monsieur, pareil accident
Arrive à plus d'un bon apôtre ;
Et dans ce monde on voit souvent
Un aveugle en conduire un autre.

ALFRED.

Tu ris, je te conseille ; je me suis fait un mal affreux. Toi, tu disais : ce n'est rien, Monsieur ; je ne ressens aucune douleur.

DESCHAMPS.

En amour comme en guerre, les blessures sont dangereuses.... mais partez.

ALFRED.

Je vais m'occuper du contrat, et je reviens au plus vîte...

DESCHAMPS.

Allez, surtout n'oubliez rien. (*Alfred sort.*)

SCENE VIII.

DESCHAMPS, ensuite LISETTE.

DESCHAMPS.

« Jusques ici, du moins, tout va le mieux du monde,
« Tâchons, à ce progrès, que le reste réponde ;

« Et, de peur de trouver dans le port un écueil,
« Conduisons le vaisseau de la main et de l'œil. »
Ah! c'est toi, Lisette?

LISETTE.

Mon maître va revenir ici pour recevoir le docteur.

DESCHAMPS.

Ouf!... fermons vîte les volets...

LISETTE.

Cela n'est pas nécessaire, j'ai agi de mon côté. J'ai mis sur les yeux de monsieur Bonnasse une compresse de je ne sais quelle eau, que j'ai été prendre dans la petite pharmacie, plus une bande de taffetas noir, pour maintenir ladite compresse.

DESCHAMPS.

C'est on ne peut mieux....

LISETTE.

A présent il fait jour, et nous ne sommes plus exposés aux embarras où nous mettait la nuit.... et toi, que faisais-tu, seul ici?

DESCHAMPS.

J'invoquais le dieu des valets...

LISETTE.

Ah! mais au fait, ce médecin, où est-il? mon maître l'attend.

DESCHAMPS.

Il est ici.

LISETTE.

Où donc?

DESCHAMPS.

Tu ne le vois pas?

LISETTE.

Non...

DESCHAMPS.

C'est moi...

LISETTE.

Toi... Pourquoi cette nouvelle fourberie?

DESCHAMPS.

C'est mon secret.

LISETTE.

Monsieur Bonnasse te reconnaîtra à la voix.

DESCHAMPS.

Erreur, erreur, te dis-je... est-ce que les comédiens n'en ont pas mille et une à leur disposition ?

LISETTE.

Mais le médecin est Allemand ?

DESCHAMPS, *baragouinant.*

Ia, ia... nous prendrons son accent.

BONNASSE, *en dehors.*

Lisette ! Deschamps ! allons....

LISETTE.

Mon maître appelle, je vais l'amener ici. (*Elle sort.*)

SCENE IX.

DESCHAMPS, puis BONNASSE et LISETTE.

DESCHAMPS, *seul un instant.*

Puisque Crispin se fait médecin, je puis bien l'être aussi. Pour ce rôle, je ne suis point embarrassé, j'ai toutes les scènes du Malade imaginaire, qui en valent bien d'autres.

BONNASSE.

Enfin ce docteur est-il ici ?

LISETTE.

Le voici, Monsieur, il est entré en même temps que Deschamps.

DESCHAMPS.

Oui, Monsieur, le docteur est devant vous....
(1). « *Monsieur Bonnasse, que puis-je faire pour* « *votre service ?* »

BONASSE.

Me guérir, s'il est possible.

DESCHAMPS.

« *Cela peut être difficile pour beaucoup de mes con-* *frères, qui n'en ont pas l'habitude, pour moi ce n'est* *qu'un jeu ; yà yà Mener ?* »

----

(1). Tout ce qui est en caractère italique, Deschamps le dit avec l'accent allemand, et le reste avec sa voix naturelle.

LISETTE, *à part.*

Je le crois, la maladie est de sa façon...

BONNASSE.

Deschamps !

DESCHAMPS.

Monsieur.

BONNASSE.

Explique au docteur, comment je suis devenu aveugle subitement.

DESCHAMPS.

Volontiers... D'abord, M. le Docteur, mon maître est rentré fort las de ses courses... « *faiblesse de corps, fort bien.* » Il s'est endormi dans un fauteuil « *fort bien, léthargie, fort bien;* » Quand il s'est réveillé au bout de quelque temps, il croyait avoir dormi jusqu'à la nuit; « *absence d'esprit, fort bien.* »

BONNASSE.

Comment, absence d'esprit ?..

LISETTE, *à part.*

Ce Deschamps est le plus habile maraud que la terre ait porté !

DESCHAMPS, *continuant.*

Enfin, après son sommeil il n'y voyait plus. « *Il est aveugle, fort bien.* »

BONNASSE.

Fort bien, fort bien; je ne trouve pas cela fort bien, moi.

LISETTE, *riant.*

Ah ! ah ! ah ! c'est fort bien !..

DESCHAMPS.

« *Au lieu de rire; ma mie, vous feriez mieux de nous laisser.* » Où est ta maîtresse ?..

LISETTE.

Dans sa chambre.

DESCHAMPS, *bas.*

Retourne auprès d'elle, et retiens-la; si elle était témoin de toutes nos ruses, elle s'opposerait à mon dessein et tout serait perdu; cependant, tenez-vous prêtes à paraître au moindre signal.

LISETTE.

C'est convenu. (*Elle sort.*)

SCENE X.

DESCHAMPS, BONNASSE.

DESCHAMPS, *avec impatience.*

« *Maintenant que je ai renvoyé cette fille, donnez-moi votre pouls.* »

BONNASSE.

Tâter le pouls à quelqu'un pour lui rendre la vue !

DESCHAMPS, *à part.*

La réflexion est juste.

(Haut.)

« *Oui, Monsieur, attendu que les bras et les yeux ont des rapports très immédiats.* »

BONNASSE.

Puisque vous le dites, je le crois. (*appelant.*) Deschamps ! (*Tout en tâtant le pouls de Bonnasse, Deschamps détourne la tête et répond avec sa voix naturelle.*)

DESCHAMPS.

Monsieur !

BONNASSE.

Donne un fauteuil au Docteur.

DESCHAMPS, *à part.*

Le moyen de se tirer de là... (*Il veut aller chercher un siège.*)

BONNASSE, *le retenant.*

Je ne souffrirai pas que vous l'alliez chercher vous-même.

DESCHAMPS.

« *Moi ou lui, c'est la même chose.* »

BONNASSE.

Non pas ; allons donc, Deschamps, un siège...

DESCHAMPS, *détournant la tête.*

En voici un, Monsieur. « *Je vous remercie, mon ami.* »

(Il fait semblant de s'asseoir.)

« *Maintenant que je suis assis, je vous dirai qu'il n'y a qu'un moyen de vous guérir.* »

(33)

(*A part.*) Ici la scène de Toinette et d'Argan.

BONNASSE.

Et lequel ?

DESCHAMPS.

« *Il vous paraîtra peut-être un peu violent : il faut vous couper un bras et une jambe.* »

BONNASSE.

Me couper un bras et une jambe !..

DESCHAMPS.

« *Ils ont empêché vos yeux de profiter. Coupez-moi ces deux membres inutiles et vous recouvrerez la vue.* »

BONNASSE.

Inutiles si vous le voulez ; je les trouve fort utiles, moi...

DESCHAMPS, *à part.*

Bon, la scène de M. Purgon !..

BONNASSE.

J'aimerais mieux n'y voir de ma vie.

DESCHAMPS, *feignant de se fâcher.*

« *Vous résistez, je crois, aux ordres de la médecine.* »

BONNASSE.

Monsieur le Docteur...

DESCHAMPS, *de même.*

« *C'est un crime de lèze faculté, qui ne peut assez se punir.* »

BONNASSE.

Monsieur le Docteur !...

DESCHAMPS, *de même.*

« *Savez-vous bien que si nous ôtons les maladies, nous pouvons aussi les donner ?...* »

BONNASSE.

De grâce !...

DESCHAMPS.

« *Je vous déclare que vous serez aveugle toute votre vie !...* »

BONNASSE.

Prenez pitié ?

L'Aveugle pour rire.   3

DESCHAMPS.

« *Et qu'avant quinze jours, vous serez accablé de toutes les maladies ; que vous deviendrez incurable, pour avoir méprisé les ordres d'un médecin tel que moi !... «*

BONNASSE , *désespéré.*

Miséricorde , monsieur le Docteur !...

DESCHAMPS.

Air *nouveau.*

Oui , de l'ophtalmie ,
Dans la dispepsie ,
De la liouterie ,
Dans l'hydropisie ,
Et de la phtysie ,
Dans l'apoplexie ,
Et dans l'apepsie‘
Vous irez tombant.

BONNASSE.

Grâce !... grâce !...

DESCHAMPS.

Vous n'avez maintenant
Qu'à faire votre testament.

ENSEMBLE.

BONNASSE.

Quoi! de l'ophtalmie ,
Quoi ! je n'ai maintenant
Plus qu'à faire mon testament.

DESCHAMPS.

Car de l'ophtalmie. etc.

BONNASSE.

Grand Dieu! on ne, devrait' jamais irriter un médecin ! Monsieur le Docteur, je vous supplie...

DESCHAMPS.

« *Je n'écoute plus rien. Allez , Deschamps, allez dire au notaire de Monsieur, de venir faire son testament*). J'irai dans l'instant. Mon pauvre maître !..... Monsieur le Docteur, un peu d'indulgence ! « *Non pas vraiment de par Hypocrate.* «

(A part.)

Il se croit mort, sur ma parole.

(Haut.)

» *Vous n'avez pas deux jours à vivre !... «*

SCENE XI.

DESCHAMPS, BONNASSE, DORVAL, *en dehors.*

DORVAL, *en dehors.*

Comment, il se pourrait ?... Raison de plus pour le voir à l'instant !

BONNASSE.

J'entends la voix de mon frère ; il vient fort à propos.

DESCHAMPS, *à part.*

Que l'enfer le confonde... Voilà ce que je craignais.

DORVAL, *entrant.*

Bon jour, frère. Ce que l'on m'a dit est-il vrai ?...

BONNASSE.

Hélas, oui, mon ami, je suis devenu aveugle.

DORVAL.

Aveugle, toi !... tu plaisantes !...

BONNASSE.

Non, sans doute ; et je serai bientôt mort....

DORVAL.

Pour le coup, je n'en crois rien ; et, de quelle maladie ?...

BONNASSE.

De toutes les maladies ! Interroge M. le Docteur, qui est là....

DESCHAMPS.

Monsieur, il est parti, outré de colère.

BONNASSE.

Sans se faire payer sa visite ; c'est rare.

DORVAL.

Un docteur, je n'en crois rien ; car, je ne l'ai pas rencontré en venant ; enfin, que t'a-t-il dit ?...

BONNASSE.

Ah ! mon cher frère, il m'a menacé de la phtysie, de l'apepsie, que sais-je, moi ? D'après cela, je n'ai plus qu'à faire mon testament ; car bientôt, hélas !...

DESCHAMPS, *riant sous cape.*

De grâce, Monsieur, ne parlez pas de cela... vous me fendez le cœur.

DORVAL , *le regardant.*

Je parierais qu'il y a du Deschamps là-dedans , où je me trompe fort.

BONNASSE.

Mon pauvre Deschamps , va , puisqu'il le faut, me chercher le notaire qui demeure dans la maison voisine ; dis-lui qu'il m'apporte le testament que je lui ai confié ; je veux le signer devant mon frère.

DESCHAMPS.

Monsieur, j'y cours... (*A part.*) Encore un déguisement, la robe, la perruque, le frère ne me reconnaîtra pas ; et, en dépit de ce témoin malencontreux, je marierai nos deux amans, et je guéris après ce pauvre M. Bonnasse. (*Haut.*) Monsieur, je vole, et je reviens. (*Il sort.*)

SCENE XII.

BONNASSE, DORVAL.

DORVAL.

Je ne sais pas pourquoi, mais je n'ai pas confiance en ce valet !...

BONNASSE.

A propos, mon frère, j'ai reçu votre lettre ce matin....

DORVAL.

Ma lettre ?... je n'en crois rien ; car je ne t'ai pas écrit.

BONNASSE.

Fort bien ; le voilà maintenant qui ne veut pas m'avoir écrit. Vous êtes fou , mon frère, vous m'avez marqué que vous étiez venu la semaine dernière.

DORVAL.

Cela ne peut pas être ; car je ne suis pas sorti de chez moi ; c'est vous, mon frère qui avez perdu l'esprit !

BONNASSE.

Pour le coup, c'est trop fort !

DORVAL.

Ne crie pas si haut ; je vois la chose ; on te trompe ; tu es trop crédule ; car enfin :

Air : *On dit que je suis sans malice.*

Tu crois aux fantômes, aux diables,
Aux choses les plus incroyables,
Aux ordonnances d'un docteur ,
A la foi d'un vieux procureur.
Tu crois à la reconnaissance ,
Tu crois à la tendre constance :
A toutes ces vieilles vertus
Depuis longtems on ne croit plus.   (*bis*)

BONNASSE.

C'est bon, c'est bon ! j'aime mieux croire aux vertus qui n'existent pas, que de ne pas croire aux vertus qui existent.

DORVAL.

Au fait, voyons un peu cette lettre....

BONNASSE.

Ah ! parbleu, je suis curieux ; tenez, la voilà ; vous êtes confondu, mon frère.... (*Il la lui donne.*)

DORVAL.

Cette lettre n'est pas de moi !

BONNASSE.

Comment, il se pourrait ?

DORVAL.

Rien de plus vrai ; car elle est de notre ami Gercourt

BONNASSE.

De Gercourt ?...

DORVAL.

Sans doute, tenez ; regardez vous-même.

BONNASSE.

Vous savez bien que la chose est impossible. Mais comment se fait-il que ma nièce ?.... J'entrevois là-dedans un mystère......

DORVAL.

Vous croyez entrevoir, et moi, je suis déjà au fait ; l'on cherche à obtenir de force votre consentement pour un mariage que vous n'approuvez pas.

BONNASSE.

Quoi, tu penserais ?...

DORVAL.

J'en ai la preuve en main ; car cette lettre de notre

ami Gercourt n'est autre chose qu'une renonciation bien
formelle que fait son fils à la main d'Emélie, renonciation fondée, dit-il, sur la certitude qu'Emélie en aime
un autre. Effectivement, ne m'as-tu pas dit, il y a quelque temps, qu'elle avait fait connaissance, dans un bal,
d'un nommé....

BONNASSE.

Alfred, le fils du colonel de Berville?...

DORVAL.

Précisément. Eh bien, mon cher frère, l'on s'est joué
de vous, et vous n'êtes pas plus aveugle que moi....

BONNASSE.

Ah! par exemple, je voudrais bien voir...

DORVAL.

Rien de plus facile; ôtez ce bandeau, et je suis presque
certain que votre vœu sera rempli.

BONNASSE, *ôtant son bandeau.*

Ah! cela serait curieux, voyons un peu. Ah! mon
dieu! effectivement je vois parfaitement que suis dupé.
Ah!... Malédiction! mais je me vengerai!...

DORVAL.

Rien de mieux; mais, si vous m'en croyez, remettez
ce bandeau; vous pourrez plus facilement reconnaître
la ruse de votre coquin de valet; car c'est sur lui que doit
commencer votre vengeance. J'entends du bruit : il
vient avec le notaire, sans doute : attention!...

BONNASSE.

Laissez-moi faire. Ah! coquin de Deschamps! Mon
frère, entrez dans ce cabinet, et tenez-vous prêt à me
seconder au moindre signal.

(*Dorval entre dans le cabinet de droite.*)

SCENE XIII.

BONNASSE, DESCHAMPS, *en notaire.*

DESCHAMPS, *au fond.*

Monsieur Alfred, qui n'attend que le moment pour se
présenter, m'a remis son contrat de mariage. Voilà le

testament que mon aveugle va signer. (*Haut.*) Votre valet m'a dit, Monsieur, que vous me demandiez. J'accours avec le papier en question.... (*Il montre le contrat.*)

BONNASSE.

(*A part, regardant par dessous son bandeau qu'il a mis sur ses yeux, de manière à voir.*) C'est mon drôle. (*haut*) C'est très-bien, monsieur le notaire, ayez la bonté d'approcher, et veuillez m'indiquer l'endroit où je dois signer..., car mon valet a dû vous dire que j'étais devenu aveugle, ce qui fait...

DESCHAMPS.

Que vous n'y voyez pas. Oui, Monsieur, aussi je vous plains bien sincèrement : tenez, Monsieur, prenez la plume.

BONNASSE.

Donnez.... (*Cherchant la plume, il donne un soufflet à Deschamps.*) Est-ce bien comme cela ?....

DESCHAMPS.

Ah! diable!.... Faites donc attention, je vous supplie...

BONNASSE.

Vous avez laissé tomber quelque chose peut-être ?....

DESCHAMPS.

Ce n'est rien.... (*A part.*) Aurait-il par hazard des yeux au bout des doigts? (*A Bonnasse.*) Terminons au plus vîte.

BONNASSE.

Un moment : je désire mettre dans le testament un nouvel article, et comme je ne veux pas être interrompu, il serait prudent de fermer la porte....

DESCHAMPS.

Monsieur, je vais....

BONNASSE, *va fermer la porte.*

Non. C'est une peine que je puis prendre moi-même!....

DESCHAMPS.

Comment? sans y voir?

BONNASSE.

Soyez tranquille ; et, de plus, j'ouvre les croisées !....

DESCHAMPS, *à part.*

Il l'ouvre en effet ; y verrait-il maintenant ?... Je frémis. Quel est son projet ? (*Haut.*) Quelle est donc votre intention, Monsieur ?....

BONNASSE.

Puisqu'il faut vous le dire, Monsieur, mon intention est de faire sauter par cette fenêtre mon scélérat de valet !....

DESCHAMPS, *à part.*

Je frissonne.... (*haut*) Qu'a-t-il donc fait, monsieur ? d'ailleurs il n'est point ici....

BONNASSE.

Je le sais ; aussi c'est vous, monsieur le notaire, qui allez à l'instant prendre ce chemin.

DESCHAMPS, *à part.*

Je suis perdu, (*Haut.*) quoi, monsieur, vous n'êtes donc plus aveugle ?...

BONNASSE , *ôtant son bandeau.*

Aveugle !... non, coquin ; et je vais à l'instant même...

DESCHAMPS, *à part.*

Il m'a reconnu ; je suis un homme mort !...

BONNASSE, *à Dorval qui a entendu toute la scène, et qui sort du cabinet.*

Allons, mon frère, aidez-moi !...

DORVAL.

De grand cœur !...

DESCHAMPS, *se sauvant et ouvrant la porte du fond.*

Ils sont deux !... grand dieu !.. c'est mon dernier jour !.. au secours !... au secours !...

BONNASSE.

Non, point de pitié !....

DORVAL, *riant.*

La scène est délicieuse !...,

SCENE XIV.

BONNASSE, DORVAL, DESCHAMPS, EMELIE, LISETTE, *entrant de côté.* **ALFRED**, *entrant par le fond, en militaire.*

EMELIE, LISETTE.

Quel est donc ce bruit?... Ciel! tout est découvert!...

DESCHAMPS, *à Alfred.*

Soyez mon sauveur ; il est tems !...

BONNASSE *poursuit Deschamps, et se trouve devant Alfred.*

Que demandez vous, monsieur?

ALFRED, *embarrassé.*

Pardon, si j'entre ainsi: mais ayant entendu du bruit, j'ai cru de mon devoir....

DESCHAMPS.

Je suis sauvé!...

DORVAL.

C'est notre amoureux!...

BONNASSE, *bas.*

Je le sais... (*Haut*) monsieur Alfred, n'y a-t-il aucun autre motif ?...

ALFRED.

Monsieur ?...

EMELIE.

Mon oncle...

BONNASSE.

Paix, mademoiselle ; répondez , monsieur.

ALFRED.

Vous me voyez confus , mais lorsque vous saurez ; lorsque vous me permettrez de vous dire...

DORVAL.

Allons donc , jeune homme, dites tout bonnement que vous aimez Emélie , qu'elle partage votre amour , que ne pas consentir à votre union, serait vous donner le coup de la mort ; que vous vous êtes entendus pour rendre mon pauvre frère aveugle, afin de lui arracher un consentement qu'il donnera de bon cœur, lorsqu'il sera certain de votre repentir.

BONNASSE.

Mais, mon frère...

DORVAL.

Mon ami, ne faut-il pas toujours que cela finisse ainsi ?..

LISETTE.

Ah ! Monsieur, vous parlez comme un livre...

ALFRED, *à Bonnasse.*

Oui, Monsieur, j'adore Emélie depuis long-temps, ce n'est plus un mystère ; refuserez-vous de faire notre bonheur ? Ma famille vous est connue ; mon père est votre ami.

BONNASSE.

J'en conviens, et à ce titre, vous pouvez même espérer...

DESCHAMPS.

Et moi, Monsieur, puis-je espérer aussi que votre indulgence...

DORVAL.

Sans doute, il faut que le pardon soit général...

BONNASSE.

Non pas; avant d'obtenir le sien, qu'il me montre le testament qu'il a eu l'audace de vouloir me faire signer.

DESCHAMPS.

Monsieur, je n'ai pas été chez le notaire, c'est tout bonnement un contrat de mariage pour Monsieur et Mademoiselle...

BONNASSE.

Ah! ce n'est qu'un contrat de mariage !.. alors... coquin, je ne te ferai que pendre...

DESCHAMPS.

Mais, Monsieur, jamais l'on n'a été pendu pour cela ; une signature de contrat surprise, c'est de même dans toutes les comédies. Vous n'avez donc pas vu les Plaideurs ? Il est vrai que vous pouviez dire plus justement encore que Chicanneau : « Je signe aveuglément. »

BONNASSE.

Le maraud plaisante... Je te pardonne, car il le faut,
mais je te chasse...

ALFRED.

Je te prends à mon service. (*A Bonnasse.*) Si vous le
permettez.

BONNASSE.

Comme il vous plaira; quant à vous, jeunes gens,
je pourrais vous faire de grands reproches, mais je ne
veux pas me mettre en colère, on dit que cela est nuisi-
ble à la santé; et, je le crois, cependant...

EMELIE.

Croyez aussi, mon oncle, que désormais...

BONNASSE, *à Alfred.*

C'est bon, c'est bon; allons, Monsieur, puisqu'il le
faut, embrassez votre femme!..

ALFRED.

Ah! Monsieur, de grand cœur!..

LISETTE.

Vivat; voilà un mariage!..

DESCHAMPS.

C'est ainsi qu'ont fini... que finissent... et que finiront
toutes les comédies, passées, présentes et futures.

DORVAL.

Je te disais bien, mon frère, que tu étais joué...

BONNASSE.

Le beau mérite!.. je n'y voyais pas.

VAUDEVILLE.

Air *de Doche.*

. BONNASSE.

Je fus, dans mon premier ménage,
Ce qu'on est dans le mariage,
J'avais, pendant ces premiers nœuds,
    Fermé les yeux.   *(bis)*
Dans un autre hymen, par la suite,
Je voulus changer de conduite :
Mais j'éprouvai même revers,
    Ayant les yeux ouverts.   *(bis)*

ALFRED.

En vain ceux que, pendant leur vie,
Tourmente et dévore l'envie,
Sur tous nos exploits glorieux
    Ferment les yeux.   *(bis)*
Aux jours marqués pour la victoire,
Sur nos succès, sur notre gloire,
Tous les peuples de l'univers
Auront les yeux ouverts.   *(bis)*

DESCHAMPS.

Vous qui d'un Pradon somnifère,
Et de maint auteur plagiaire
Lisez les écrits ennuyeux,
    Fermez les yeux.   *(bis)*
Mais vous tous qui, de Labruyère,
Et de Racine, et de Molière,
Admirez la prose et les vers,
Ayez les yeux ouverts.   *(bis)*

DORVAL.

Célimène, grande coquette,
Qu'on dit si prude et si discrette,
Aux propos d'un jeune amoureux
    Ferme les yeux.   *(bis)*
Que Mondor, aux pieds de la belle,
Dépose et bijoux et dentelle,
Bien qu'il compte soixante hivers,
Elle a les yeux ouverts.   *(bis)*

LISETTE.

Que d'hommes on voit, dans le monde,
Frondant les femmes à la ronde,
Et sur leurs vertus, en tous lieux,
    Fermant les yeux.   *(bis)*
Mais ces messieurs, d'humeur mordante,
Dont la censure est si piquante,
N'ont pas sur leurs propres travers
Les yeux toujours ouverts.   *(bis)*

ÉMÉLIE, *au public.*

Messieurs, dans cette œuvre légère,
Sur tout ce qui pourrait déplaire,
Que le critique généreux
    Ferme les yeux.   *(bis)*
Mais sur ce qui, dans cet ouvrage,
Peut captiver votre suffrage,
Et nous garantir d'un revers,
Ayez les yeux ouverts.   *(bis)*

F I N.

www.ingramcontent.com/pod-product-compliance
Ingram Content Group UK Ltd.
Pitfield, Milton Keynes, MK11 3LW, UK
UKHW022215070726
13613UKWH00004B/1676